勢絡 Atayal

籐綸 Aiayai

恐龍在鐵道上一直奔跑

童寫給兒童的詩，
近大人也貼近小孩的心。

Watan　瓦旦
Ali　　阿麗
Makao　馬告

共同創作

目錄

當一顆擁抱恐龍的星星

◎嚴毅昇

　　初讀這份詩稿，覺得有一種童稚的趣味。

　　而後細讀、漸漸進入想像世界，那裡白天和夜晚是地球的兩半同時存在，被鐵軌連接起來，山像牙齒咬住鐵軌，恐龍一直在上面奔跑，家有時候是船，會跟著恐龍跑起來。那些畫面，讓我看見 Watan、Ali 奇想的世界觀。

　　將〈男孩喃喃〉幾個段落放在一起閱讀，Watan 帶我們看見「恐龍」身影，原先看似沒有關聯的喃喃短語，這時想像力帶動出了畫面感，彷彿太陽沿著鐵軌「奔跑」重新回到人間，回到大地，重新摸到太陽，幸好白晝是喜歡愛人的，雲朵會拼成恐龍，也會下雨，詩人們要一直寫下去，發出彩虹顏色的光亮。

　　在 Watan 明亮的想像世界中，偶爾也有心情不

美麗的一面，讓一個孩童寫出「孤單，是一個人。／自己陪伴自己。」或「這是孤單的人在哭，黑色。沒人在跟他玩。」這些句子有種超齡體悟。

Ali 和 Watan 的文字有明顯對比，白晝與夜晚、太陽與星星；一個「恐龍在鐵道上一直奔跑」、一個「星星在上面發亮／白天在睡覺／晚上出來玩」。一起寫作，想法卻沒有被彼此干擾，有各自想寫且重複的主題，創作也偶有呼應，當女孩說「花像路。」而男孩說「我的花那麼快快長大，又那麼快死掉」。而 Ali 的文字有的一種疑惑、詢問的說話方式，這是一種文字魅力。

讀〈女孩啾啾〉時，以為 Ali 喜歡晚上，經常寫黑色的元素（殭屍、魔鬼），但在 Ali 的眼裡，或許不是我想像的顏色，我讀到 Ali 在不同詩作重複敘述類似的話，但是有趣的，例如：「白天在睡覺／晚上出來玩」和「把晚上當作白天，白天當作晚上。」Ali 似乎喜歡這種對比寫作的方式。

〈男孩女孩創作集〉揉合兩人想像，在誤讀《流浪的狗》繪本的過程中，第二首詩〈流浪狗〉惡狠狠

地蹦出來，牠是羊，也是狗，牠用想像咬人，大家記得狗，卻遺忘羊，牠因為孤單所以溫柔，或許詩就是一頭流浪狗。

從〈大人小孩創作集〉開始，出現 Makao 的引導語，有種接龍的互動感。

在詩中提到「洗腦」一詞，在之後詩的註解讀到：「2016 年討論該年鄭捷槍決一案」，這兩首詩簡單的談論權力關係，有明指的對象，論政府、論議題，誰造成人禍，我們為什麼對生活感到疑問？小孩也是能討論嚴肅議題的。

老師 Makao 寫給學生的祝福，她帶出了「芬蘭」，談到「夜色是芬蘭的」，Makao 曾旅居芬蘭，經歷冰天雪地面對巨大孤獨，黑夜似乎淹沒過一切，第二句：「星星是自己的」有種溫柔篤定感，前述不少詩作描述過星星，這裡談到的星星像一種標的或指向 —— 我們彼此在異地卻一起看著同一顆星，「你好嗎？」向遠方或身邊的朋友打個招呼，如果生命經驗因詩相連，或許可以說是件幸福的事，一種守望。

「生命可以為詩存在。只要有詩就好。傷口都可以縫合起來。」之於 Makao 而言，Ali 和 Watan 或許就是詩，生命的詩，詩已注入生活的 Atayal 孩子。

2021.4.12

序

◎Makao 馬告

　　七歲時，我們寫詩。

　　開始讀詩是在旅居芬蘭之後，我想是那一年面對
了巨大的孤獨。世界隔著一層膜，生活周遭很近卻摸
不著。我讀起大量的詩，像是和那一年憂愁的自己對
話。所有的詩，再也沒有門檻。讓閱讀撫平這層膜的
矛盾，那就來讀詩吧，而且這是有詩的部落。我想朗
讀（不知道是誰說詩就要唸出來），此時，我有最好
的聽眾，男孩與女孩。

　　識字啟蒙的年紀，初來乍到新世界——學校和課
本，指物命名以詩為始，進入體制學習。男孩提議聽
詩畫畫，再從畫作產生詩。孩子浸潤在一年級的儀式
感，聽詩、讀詩、寫詩。用聲音去指認文字，以此親
近文學，我採集小孩的日常夢囈，師生共同創作的校
園日常，記錄兒童哲思歷程。

女孩和男孩都有泰雅族名字。男孩漢名——吳子荃，泰雅族名 Watan 瓦旦。Watan 自我介紹的時候，女孩接著說「瓦旦，完蛋」，女孩笑得開朗，男孩臉紅害羞。男孩臉紅有時是不好意思，有時是感受到讚美，他經常害羞，而我們不是很確定每次臉紅他感受的是哪種。

　　女孩漢名——朱祐慈，泰雅族名 Ali 阿麗。在還沒學到屬於她名字的文字，我並不著急她寫正確，時間會走到學會的那天，那天就好好認識自己的名字。文明來臨前，字是塗鴉繪畫，每位小孩學習寫字的過程類似人類文明演化的縮影，沒有規則只有無窮的想像力，小孩從半獸人過渡到文明時代（咦？），寫他們以為的字，模仿而生的字體，歪曲拼湊還夾雜插圖。我們先學ㄅㄆㄇ，我第一次教而他們第一次學，我們是彼此的新生。

　　時間緩慢，終於學到「心」這個字。女孩說「我的名字裡面有『心』耶！」，她在自己的名字裡找到心。以字識字，找字過程逐漸拼湊自己的模樣，彷彿遊戲。我們一起完成這遊戲，或者說，女孩教會我如

何玩遊戲，找到名字裡的心時，心臟真實地跳動，怦然鮮活。我們認識彼此的第三天，女孩說了四則鬼故事，她以各種方式遇見鬼。爾後，她的殭屍、她的鬼，有時指向我，有時是她強大力量的來源。直面人的陰影，小孩比大人更容易。

我也有泰雅族名，尖石養老部落長輩給的，Makao 馬告。雙崎部落（Mihu）距離豐原三十分鐘路程，我每日順著河道往返，甜根子草佈滿大安溪，銀白紛飛，Mihu 山丘小小的映在石岡水壩的湖裡和大空在一起。三十年前部落的詩人到豐原的小學任教，多年後我從豐原去部落，時間化成詩的養分。和瓦歷斯諾幹再遇見，是因為原住民文學營，瓦歷斯真的是瓦歷斯，再也不是體育老師。我去詩人的故鄉教一年級，偶然成為必然。

唸詩和畫畫在一起。有時想畫畫，我們就來唸詩。

一年級小孩，每日的生活行動像是夢遊，活在夢裡，如夢活著。小孩的存在本身就是夢。日常囈語，夢般奇幻飄渺，有些真實，有些想像。男孩如詩

地對日子絮絮叨叨，沉浸在自己的小宇宙。充滿詩意的開頭，我馬上拿起筆，一面寫，一面問道「然後呢？」。果如其然，我們得到一首詩，與孩子對話，我獲得的更多。孩子用自己的話解釋詞，以生活情境開展詞的生命。有些詩句，是男孩定期喃喃自語，我順著他的時間流在旁抄錄，不同時間的三段植物呢喃，成為一首完整的詩。這一刻，詩完整了也可能再延續。

　　小孩對話的同時，我經常匆忙抓起紙張和筆，記下覆述又覆述的童音，無法確知下段對話但錯過此刻無法回追，而不斷探問皆是甜美。他們觀察我的舉止好一陣子。有天對看，然後笑著說「老師又要寫下來了！」小孩一邊講話，我一邊撿拾。小孩所到之處都是詩，生活氣息成詩入歌，乾涸的土地注滿潤澤。話語飛走之前，我快筆寫下小孩腦中浮現的夢幻世界，我們浸泡在聲音的流動裡，小孩沉靜，我們的世界只有詩。

　　跳舞的聯絡簿，我跳舞著看，我唸著有音樂的句子，依著小小朋友的世界，想像的詩誕生。唸完陳黎

的〈聽雨寫字〉，男孩從中擷取『消失』成為自己的詩句。他所在意的，他所用力的，在詩裡反映男孩生活的另一面，顯露他覥腆的內心。可是，當我唸谷川俊太郎的〈小鳥在天空消失的日子〉，低頭對著畫冊猛畫的男孩，突然抬起頭來說「我不會畫消失，這太難了。」畫筆帶動他理解世界，而我理解了他。男孩喜歡畫的是恐龍和拿刀的小孩，任何詩的發展都會長成這樣，他對自己的畫作相當有自信。女孩偶有抗拒或者退縮，但學期末時，她也愛上畫畫，她盡情地畫城堡，小女孩的頭頂上都會有頂皇冠。

出版計畫是後來的事情，接近離別。回到最初，讀詩是延續我的閱讀習慣。無意之間唸詩唱歌成為教室班級經營的策略，穩定班級氣氛，雖然加上我只有三人，而這本來只會是我教學手札的一部分。我把詩作分享給友人，朋友詢問是哪名詩人的創作。無法辨識創作者的年齡，僅是七歲孩子的日常呢喃，小孩是天生的詩人呀，與詩共同生成，眼睛閃閃，生命透著光。徵詢小孩的意見，他們願意分享有趣的課堂日常：

想，

想給人家看，

我想和人家分享，他們會知道我們的
事。

讓他們看到我們的 ugi 蟲蟲，還有大便
蟲蟲，屁股蟲蟲。

圖和鬼要在書裡面。

小孩的詩能帶著我們看到不同的世界，讓他人和
小孩的世界相逢。此事的確立和推進，同時把我帶向
我的未來，和詩同在。

時隔五年，七歲的詩是一份成長禮物，禮讚當年
的彼此。山裡的孩子，詩裡有山也有海，他們的小宇
宙，即將和世界相遇。Lokah ！

註 1：ugi 泰雅語音譯，意指男性生殖器
註 2：男孩和女孩表達出版意願的對話，指定此為第一首詩

男孩喃喃

想，
想給人家看，
我想和人家分享，他們會知道我們的事。
讓他們看到我們的 ugi 蟲蟲，還有大便蟲蟲，屁股蟲
蟲。
圖和鬼要在書裡面。

註 1：ugi 泰雅語音譯，意指男性生殖器
註 2：男孩和女孩共同創作，指定編為第一首詩

我的雨水很像
小山。
有上坡，
有下坡，
有尖尖的
一個海浪出來。

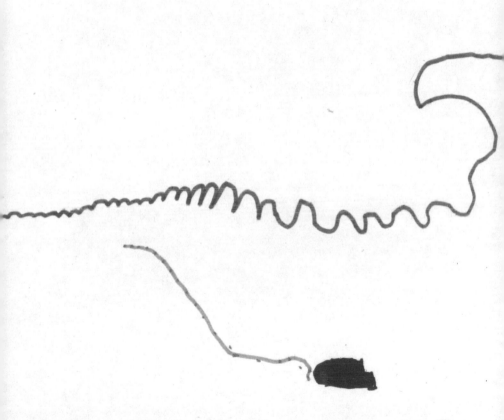

海浪來了，
下雨了，
風來吹，
我的家是船。

恐龍在鐵道上一直奔跑

01.

我發芽了，
我變成花朵。
沒有東西吃，
我枯掉了。

02.

沒有澆水，
給我的花對不起。

03.

我的花那麼快快長大，
又那麼快快死掉。

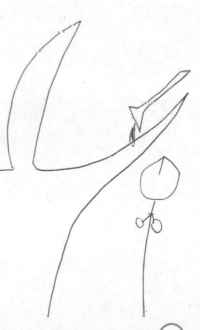

聽雨寫字
會消失
會被擦掉
被媽媽擦掉

———————————

註：本詩是 Makao 朗誦陳黎的詩之後，男孩以陳黎的〈聽雨
　　寫字〉為始，創作本詩

甲蟲的聲音，在飛。
甲蟲跟著在跳舞，有個老人孤單地看。

這是孤單的人在哭，是黑色。
沒人在跟他玩。

孤單，是一個人。
自己陪伴自己。

白晝不喜歡打人，
白晝喜歡愛人。
他一直發亮，
是亮亮恐龍。
雲朵拼成恐龍，
他摸到燈，
他會發亮，
是彩虹顏色。

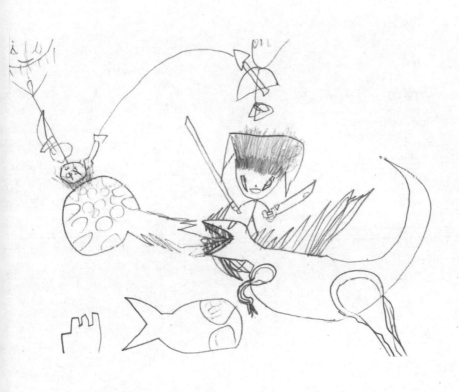

01.

我的擦布真會跑步。

02.

擦布撲通撲通破掉了。

01.

路燈像我家門前的螢火蟲。

02.

恐龍在鐵道上一直奔跑。

註：01. 仿作，陳黎〈迴旋曲〉

飯菜香

人家煮菜就聞到了，
像狗狗一樣。

搬家的時候，房子會動。

女孩啾啾

我本來就是臭的，我心臟是香的。
因為我每次都洗心臟，
我要把心臟洗得乾乾淨淨。
我只想洗心臟，
因為心臟會香香的。
因為她是我的心臟，沒有她我會死掉。

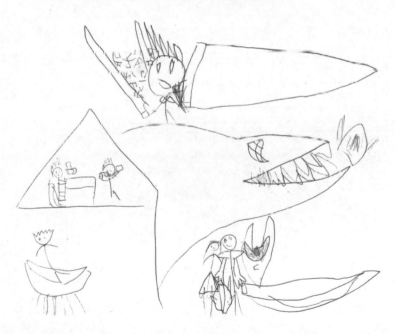

星星
她會放光
她掛在天上
星星在上面發亮
白天在睡覺
晚上出來玩

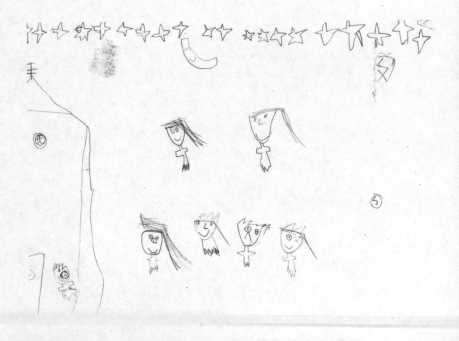

恐龍在鐵道上一直奔跑

這森林有一個魔鬼，魔鬼正在吃靈魂，
那這樣誰敢走進這座森林？

他已經進來墳墓。

他無路可逃。

他變成殭屍，

把晚上當作白天，白天當作晚上。

01.

豬頭來了，鬼來了。
我的鬼。

02.

我的鬼來了，我的大軍來了。
強壯的人。

它喜歡附身人家。
我喜歡細菌。

村莊小小的，
但是比我們大。

世界上要有樹，
不然就不能呼吸。

山像牙齒，花像路。

臉不是平的，
因為彎來彎去翹了一個鼻子。

風跟太陽是親戚，
因為他們都在外面。

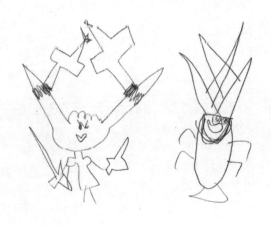

男孩女孩創作集

一點點

01.

一點點天空
一點點小鳥
一點點豆子
然後
大樹開了！

02.

一點點鬥魚
一點點樹葉
一點點毛蟲
然後
一起看書！

註 1：課文仿作，〈一點點〉，作者七星潭

註 2：女孩是 01 的創作者，男孩是 02 的創作者，依創作時間
　　　排序

註 3：創作者的說明：

01.

小鳥摘樹葉的花，放在頭上裝飾，再回去樹上餵寶寶。樹就開
了。豆子放在花裡面，花要變成美麗的小花。豆子吹到風，豆
子會轉轉、轉轉，這是不一樣的。

02.

樹葉掉進水裡面，

毛毛蟲也掉進水裡面，

和鬥魚在一起。

樹葉一直掉進水裡面，

這是水裡面的毛毛蟲，

那是水裡面的書。

流浪狗

01.

一隻小羊，
他沒有毛，
他很冷。

02.

一隻小羊，
沒有人陪他，
很孤單，
又瘦又冷。

03.

流浪狗，
被人丟掉，

越來越兇。

04.

你把那隻狗丟掉，
不然也把你丟掉，
一直流浪，
一直變兇，
一直做壞事，咬人家。

05.

他很孤單，他不會咬人。

註：《流浪的狗》繪本讀後討論。小孩初始誤以為繪本中描繪
　　的小狗圖片是小羊。

種子

種東西的，
會發芽，會開花。
種西瓜，會長西瓜。
種子吃進去，
肚子有長出西瓜，
我會從肚子裡吐出一個西瓜吃。

星星怕光
星星喜歡自己的光
喜歡自己放光明
白天當作是下雨
晚上當作是太陽
白天當作黑暗
晚上自己放鞭炮
搖咧！搖咧！搖咧！

我的光

我自己的光

上天堂，我投胎

自己把自己弄死

自己去別人的身上

結束發揮神力

我發光發熱

我拿寶石

我是小偷

好朋友

老師和鬼是好朋友，
鬼和鬼。
祐慈和家銀是好朋友，
豬頭和豬頭。
子荃和啄木鳥是好朋友，
想念姐姐。
爸爸和媽媽是好朋友，
我和寶寶。

註1：仿作，〈童話風〉，作者陳黎
註2：家銀是鄰居
註3：本篇投稿當年學校母親節特刊，未錄取

恐龍在鐵道上一直奔跑

小小朋友的世界

小小朋友的世界，
打人的，
玩遊戲的，
打棒球的，
坐船的，去美國。
非洲的，
屁股大的，
小孩屁股大，會大便呀！

水蜜桃

有屁股的水果。
這水果很好吃。

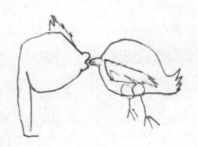

宇宙

01.

宇宙
在一個地方
不一樣的星球
我的宇宙是肉丸
他的宇宙是餅乾
還有一個宇宙和我連起來，是香蕉
香蕉餅乾

02.

和他連起來的是蘋果、是香菇
香菇下面是草地
我在香菇下面躲雨

03.

我的肉丸有不一樣的形狀

04.

我的宇宙是天空
餅乾宇宙
我的餅乾國是夜市

05.

（天空有什麼？）
天空有海盜船

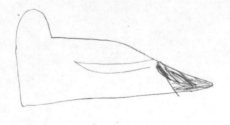

雲

01.

雲朵小花，雲朵麵包。
雲是棉花糖。

02.

天空有雲、耶穌和天
使。

03.

香噴噴的小花，是美麗
的雲朵。

黑洞

黑洞，
是漩渦。
黑熊洞，
我的洞洞。

溫暖

01.

就是溫溫的，
不會很冷，
一個流汗，皮膚就會變光滑。

02.

（教室是溫暖的？）
有窗戶，可以關上。
有門，可以關上。

門

門是游泳池，
可以裝游泳池。

刺刺的太陽，
冰冰的水，
重重的人。

小鬼上學去，
幽靈去上學。

恐龍在鐵道上一直奔跑

01.

大便在屁股裡睡覺。

02.

頭鬼在睡覺，
鬼在屁股裡面，
鬼跟屁股蟲打架，
ugi 蟲蟲就跑出來了。

註：ugi 泰雅語音譯，意指男性生殖器

大人小孩創作集

跌倒

風，跌倒了
才有河水大地恐龍
*雲跌倒了，*有了大地
*太陽跌倒了，*有了夜晚
刀亮跌倒了，有了太陽
我跌倒了，才有了鬼

註1：仿作，〈跌倒〉，作者牧也
註2：斜體字是 Makao 的引導語

污染

水，有人丟垃圾。
空氣，很差勁。
牛，有問題。
洗腦機洗腦，變成它的一組，
怕他會笨笨的。
他本來很聰明，人家想要他笨笨。

春天

為什麼走在路上就看得到春天呢？
因為春天一直跟著你，
因為櫻花往那邊走。

春天在石頭裡，
你看那邊那麼溫暖。

春天一次一次的啦，
春天要來了。

星

01.

為什麼有生？
因為它生活在天上。

02.

星星裡面有個生。
星星是女的，星星會生寶寶。

03.

星星破掉，
裡面有個小星星·

 恐龍在鐵道上一直奔跑

哪裡有這麼著急的！
誰很著急？
你！
誰不著急？
我！
著急的人在做什麼？
大便！
不著急的人在做什麼？
玩！

他為什麼殺人？
他吸毒的？
他喝酒的？
他是神經病！
沒有！沒有！都沒有！
他同學打他？
你問我們，我們也不知道啊！
他殺了人，換政府殺他。
政府有權力啊！
有啊！國民黨都有權力，
他們那麼大！
他們政府嘛～

註：2016 年討論鄭捷槍決一案

夜色是芬蘭的
星星是自己的
今天星星很美
你好嗎？

註：Makao 給男孩女孩，祝福 2016 年完成小學一年級學業

和世界連結很深。

腳丫子飄蕩在半空中，無限延伸的線在無限遠的遠方，可能在山那邊，很深很深的大山，進入雪見進入雪霸進入難以越過已經隱沒在山林溪谷的路徑裡。腳尖朝著遠方，踢啊踢。

離開空間，奔向盪鞦韆。所有人聲的呼喚都是風，只有綠色可見。和世界緊緊相依，世界不曾遠去。

註：Makao 生活側寫男孩女孩

斑馬和熱帶魚

斑馬和熱帶魚是好朋友，一個住陸地，一個住水裡。熱帶魚住的水塘很大，斑馬會在岸邊陪他，水塘邊有很大的空間可以讓馬活動。

他們很像彼此，白色的身軀有黑色條紋。想念的時候，魚游到岸邊浮出水面，馬會靠到岸邊喝水。他們這麼相像，他們要結婚，永遠在一起。在岸邊蓋一座房子，一半在陸上，一半在水中，想念彼此的時候，就回到屋裡。

有時一起繞著岸邊散步，馬在陸上，魚在水中。有時賽跑，靠著分隔彼此的岸邊跑。有時，馬太快，有時，魚太快。快的那一方慢下來，馬和魚又會在一起。

他們長得很相像，一直在一起。

註：Makao 寫給男孩女孩的故事

大人小孩對話錄

請問芳名

（族語老師在黑板寫下羅馬拼音的族語名字）。

男孩：你真正的名字呢？

族語老師：這就是我真正的名字啊。

男孩：那你沒有中文的名字喔？

族語老師：Atayal 的名字就是我的名字。

男孩：你現在是 Atayal 喔？

族語老師：我一直都是 Atayal.

想像力

01.

女孩：你的想像力在我這邊！

男孩：我的想像力在老師那邊！

02.

男孩：我今天沒有帶頭腦。頭腦跑到祐慈那邊了。

死人和詩人

（我重複朗誦男孩的雨水和小山，問他們這是誰的詩）。

男孩：是我的！（純粹的笑臉帶著一絲不好意思）

Makao：是詩人的舉手？

男孩：我是死人。（一臉正經）

（男孩ㄕㄙ不分，但他的表情已說明此時此刻的他存在另一個異想世界）

Makao：死人？

男孩：死掉的人。

Makao：那詩人呢？

男孩：詩人是唸詩的人。（理所當然面不改色）

（男孩很清楚該如何定義，死人和詩人）。

詩人

Makao：誰是詩人？

男孩：我！

Makao：還有呢？

男孩：祐慈！

Makao：還有呢？

男孩：還有老師！老師也是詩人啊，因為你每天都唸很多詩。

上什麼課？

（Makao 手忙腳亂準備教材）

女孩：我們是要唱歌，還是寫字！

Makao：那你們想要上什麼呢？

女孩：我要畫畫！

討論髒話

Makao：阿忠生氣的時候是怎麼樣？

男孩：幹 x%ㄟ＃＊@！

Makao：媽媽生氣的時候是怎麼樣？

男孩：幹 y－$＃%ㄟ＃

Makao：哥哥生氣的時候是怎麼樣？

男孩：幹 @#%%^#%! $

Makao：姊姊生氣的時候是怎麼樣？

男孩：幹%$ˇ＊＊@%

Makao：爸爸生氣的時候是怎麼樣？

男孩：幹%＊＃＋@＊%，他會拿刀子架在我臉上，這樣這樣。（比手畫腳）

Makao：我生氣的時候是怎麼樣？

男孩：幹$～＊@＆%$@

Makao：我沒有這樣吧！！！

恐龍在鐵道上一直奔跑

男孩：（笑）你！給我過來！（模仿 Makao 的口氣）

Makao：（嗯哼）

註：阿忠是女孩的弟弟

老師和小孩

01.

女孩：妳照顧我們，所以妳就是媽媽呀。

02.

女孩：她真的很美ㄋㄟ，他的眼睛直接變成愛心。我
　　　的眼睛變成星星。

03.

我拿起鏡子，女孩說：你保養ㄏㄡ～，你很美！你很
年輕！

04.

男孩：老師的臉和玫瑰花一樣紅。

05.

男孩、女孩：我是耶穌的小孩。

長大之後

Makao：長大之後想要做什麼？
女孩：當美女，帶小孩散步，等老公回來煮飯。

精神

Makao：什麼是精神？
男孩：就是晚上不睡覺，就像我一樣。

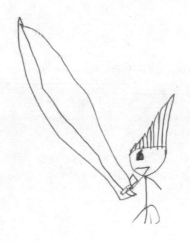

生活日常

01.

Makao：你的肚子真可愛！
女孩：我的臉又不是長在肚子上。

02.

Makao：為什麼這麼黑呢？
女孩：我在曬太陽啊！

等待

男孩永遠沉浸在自己的世界，櫃子裡，水桶裡，抹布，擦手巾，筆，所有的物件都是奇幻旅程的開始。

我不總是每次都能等待。

我對低頭望著水桶裡漩窩不斷的男孩說：你怎麼還在洗抹布？

男孩總是說：好了！好了！快好了！再等我一下嘛！

女孩以過分熟練的語氣說：你還在原地踏步！

跋

可以一起寫詩就很好，不一定我要會寫。

可以一起唸詩也很好。可以一直這樣生活著就好了。

生命可以為詩存在。只要有詩就好。傷口都可以縫合
起來。

國家圖書館出版品預行編目（CIP）資料

恐龍在鐵道上一直奔跑 /Watan 瓦旦，Ali 阿麗，
　Makao 馬告作 . -- 初版 . -- 新北市：斑馬線出版社，
　2021.06
　　面；　公分

　　ISBN 978-986-99210-8-4（平裝）

863.851　　　　　　　　　　　　　110009038

恐龍在鐵道上一直奔跑

作　　者：Watan 瓦旦、Ali 阿麗、Makao 馬告
總 編 輯：施榮華
封面及內頁插圖：Watan 瓦旦、Ali 阿麗
族語校訂：李台元

發 行 人：張仰賢
社　　長：許　赫
出 版 者：斑馬線文庫有限公司
法律顧問：林仟雯律師

創作補助：國｜藝｜會
　　　　　NCAF

斑馬線文庫
通訊地址：235 新北市永和區民光街 20 巷 7 號 1 樓
連絡電話：0922542983

製版印刷：龍虎電腦排版股份有限公司
出版日期：2021 年 6 月初版
　　　　　2023 年 1 月再刷
ISBN：978-986-99210-8-4
定　　價：250 元